Poesía española para niños

Selección y prólogo de Ana Pelegrín

Ilustraciones de Tino Gatagán

loqueleo

Avenida de los Artesanos, 6. 28760 Tres Cantos (Madrid)
Teléfono 91 744 90 60

ISBN: 978-84-9122-032-9
Depósito legal: M-37.673-2015
Printed in Spain - Impreso en España

Primera edición: febrero 2016
Más de 20 ediciones publicadas en el Grupo Santillana

Directora de la colección:
Maite Malagón
Editora ejecutiva:
Yolanda Caja
Dirección de arte:
José Crespo y Rosa Marín
Proyecto gráfico:
Marisol del Burgo, Rubén Chumillas, Julia Ortega y Álvaro Recuenco

www.loqueleo.santillana.com

Prólogo

Durante mucho tiempo hemos tenido la fortuna de abrir las puertas a la imaginación al escuchar y transmitir los cuentos contados, las nanas cantadas de madres a hijos, diciendo las retahílas y ritmos a plena voz... Érase que se era el primer contacto con el sentir poético.

Para retener ese sentir es indispensable contar con un tiempo tranquilo y apaciguado para compartir con los niños la lectura de poemas, en un instante de comunicación emotiva difícil de olvidar. El niño estará colgado de la voz, esperando apropiarse de los sonidos. Las palabras coloreadas por el sonido de la voz, vibrando; las palabras deslizándose en la entonación, brincando en el ritmo...

No importa, decía Juan Ramón Jiménez, que en el poema el niño no lo entienda todo; bastará que se llene del sonido y el sentido. Ya llegará otro momento en el que versos y estrofas prendidas en la memoria lo impulsen a la lectura y a la comprensión personal. Los poemas aprendidos, las estructuras rítmicas, las imágenes, le invitarán a expresarse, uniendo su voz a su memoria, transformando e inventando palabras y coplas de su propia creación.

En la antología para los distintos niveles de comprensión de la poesía propongo una variedad de temas y de autores agrupados en cinco capítulos, seleccionados entre: poesía cotidiana, poesía de fantasía, poesía de amor-humor, de disparate y de emoción. Poesía desenfadada, tierna, nueva y vieja, como las letras de la primitiva lírica española.

Poesía para revivir la esperanza del nacimiento de un Niño, que ha cantado durante centenares de años la emoción de grandes y menores en las letrillas de Navidad. En algunos hogares, en las aulas, en los portales, seguirán armando el nacimiento y diminutos belenes... Para recordar esa costumbre traspasada a toda Latinoamérica he querido engarzar los poemas en un «Retablo de Navidad», repartiendo sorpresas, pastoras, zagales y Baltasares.

Hay poemas que caben en un dedal; algunos concentrados en imágenes:

Cuando se murió el canario
puse en la jaula un limón.
¡Soy un caso extraordinario
de imaginación!

FRANCISCO VIGHI

O en misterio:

Entre el vivir y el soñar
hay una tercera cosa.
Adivínala.

ANTONIO MACHADO

Hay viejos romances que he recogido de las voces del pueblo, con antiguos y dramáticos sentidos, con enigmáticos fragmentos.

La poesía contemporánea está representada por los escritores del modernismo, por los de la generación del 98, por las voces señeras de Antonio Machado y Juan Ramón Jiménez.

En una época clave para la literatura, los protagonistas de la generación del 27 recrearon la poesía tradicional con nuevos hallazgos expresivos, nuevas imágenes y metáforas (García Lorca, Rafael Alberti). La creación poética del medio siglo (autores nacidos entre 1907-1930) entronca con las voces de la generación del 27, y aporta diferentes ideas en la relación de infancia y poesía.

En esta edición renovada de la primera *Poesía española para niños*, preparada en 1964, reúno distintos autores y tendencias poéticas e incluyo textos expresamente dedicados a los niños, y otros escogidos por su sentido y forma entre las voces representativas de una época, en el intento de contribuir con un repertorio clásico/contemporáneo a la educación poética del lector.

Me guían las palabras vividas a viva voz, el secreto afán de compartir con los jóvenes lectores y los lectores sin edad la cita prodigiosa, el deslumbramiento esencial de la poesía.

ANA PELEGRÍN

Los niños

Anónimo
CAROLINA Y OLÉ

Me gusta Carolina
y olé,
con el pelo cortado
y olé,
parece una paloma
y olé,
de esas que van volando
y olé.

Anónimo
DESDE QUE VINO LA MODA

Desde que vino la moda,
que sí, que no, que ¡ay!,
de los pañuelucos blancos
parecen las señoritas,
que sí, que no, que ¡ay!,
palomitas del campo.

José Luis Hidalgo
YO TENGO UN LAZO AZUL

Yo tengo un lazo azul
todo de seda.
Mamá me lo compró
en una tienda.

Yo tengo una flor blanca,
toda de raso.
Papá me la cogió
al ir al campo.

El agua me ha deshecho
la flor y el lazo.
¡Yo lloro por la flor,
la flor del campo!

Celia Viñas Olivella

EL PRIMER RESFRIADO

Me duelen los ojos,
me duele el cabello,
me duele la punta
tonta de los dedos.

Y aquí en la garganta
una hormiga corre
con cien patas largas.

¡Ay, mi resfriado!
Chaquetas, bufandas,
leche calentita
y doce pañuelos
y catorce mantas
y estarse muy quieto
junto a la ventana.

Me duelen los ojos,
me duele la espalda,
me duele el cabello,
me duele la tonta
punta de los dedos.

Celia Viñas Olivella
SARAMPIÓN

Jesús, ¡qué calor!,
tengo sarampión.

Saco una manita,
saco una orejita,
saco la cabeza,
mi madre me tapa…

Señor, ¡qué pereza!,
¡qué sed de sifón!
Tengo sarampión.

Y son mis mejillas
—dice la abuelita—
dos rojas llamitas.

Ha venido serio
el señor doctor,
y me van a dar
agua de limón.

Eugenio d'Ors

ORACIÓN DE LOS CUATRO ÁNGELES Y EL DE LA GUARDA

Cuatro ángeles
tiene mi cama.
Cuatro ángeles
que me la guardan.

Cuatro ángeles
mi mesa tiene.
Cuatro ángeles
que la abastecen.

Cuatro ángeles
tiene mi arado,
cuatro ángeles
para el trabajo.

Cuatro ángeles
el carro que me lleva.
Cuatro ángeles
para mover las ruedas.

Pero un solo ángel
tiene mi espíritu;
un solo ángel:
el más antiguo.

Clemencia Laborda
CASA

Ventanas azules,
verdes escaleras,
muros amarillos
con enredaderas,
y, en el tejadillo,
palomas caseras.

José Moreno Villa

CANCIÓN

Gris y morado
es mi verde olivar;
blanca mi casa y
azul mi mar.

Cuando tú vengas
no me vas a encontrar;
yo seré un pájaro
del verde olivar.

Cuando tú vengas
no me vas a encontrar;
seré una llamita
roja del hogar.

Cuando tú vengas
no me vas a encontrar;
seré una estrella
encima del mar.

Francisco Vighi

CUANDO SE MURIÓ EL CANARIO...

Cuando se murió el canario,
puse en la jaula un limón:
¡Soy un caso extraordinario
de imaginación!

Marina Romero
SI YO FUERA...

—Si yo fuera una chicharra,
tocaría el violín
ahora mismo
en esta sala.

—Si fuera un grillo cantor,
después de comer lechuga
retumbaría
el tambor.

—Si fuera un ágil delfín,
jugaría con los peces
del estanque
del jardín.

—Si fuera un señor canguro,
saltaría cinco leguas
si me viera
en un apuro.

—Si fuera un largo ciempiés,
me pondría los zapatos
para correr
por la mies.

—Y si un giboso camello,
te soplaría despacio
cosquillicas
por el cuello.

—Yo... si fuera un puercoespín...

¡A callar, que este es el fin!

Clemencia Laborda
ABECEDARIO

A
Barraquita valenciana.
B
Barrigoncilla aldeana.
C
Luna menguante galana.
D
... La cartilla no me sé.

Diego Díaz Hierro
UNO, DOS Y TRES

Uno,
San Bruno.
Dos,
el Señor.
Tres,
San José.

Abro mi mano,
convento es.
Cinco monjitas
en el cancel.
La una, sentada;
las otras, de pie.

La sentadita
tendrá que ser
la Madre Abadesa,
y olé y olé.

San Crispín,
a salir;
San Pascual,
a saltar;
Santa Inés;
a correr,
uno, dos y tres.

Concha Lagos
LAS CUENTAS CLARAS

Cerezas para las niñas,
los limones para el mar,
naranjas para los niños
que mejor sepan contar.

El que cuente 2 y 2
con 4 se encontrará.
El que cuente 6 y 6
la docena tiene ya.

Las niñas más pequeñitas,
como no saben contar,
se las ponen de zarcillos
y se van a pasear.

Celia Viñas Olivella
TABLA DE MULTIPLICAR

Dos por una es dos;
dos por dos, cuatro;
tras de la ventana
un cielo claro.

Dos por una es dos;
dos por dos, cuatro;
cruza la ventana
un pájaro.

—Silencio.
Dictado.
Las agudas se acentúan
cuando...
—No sé cuándo.

Gloria Fuertes

MARIQUITA
(Fragmento)

Mariquita, escribe, escribe,
y no dejes de escribir,
y no te olvides que «mayo»
siempre se pone con «y».

Mariquita, lee, lee,
y no dejes de leer,
porque si no las orejas
pronto te van a crecer.

Mariquita, si eres buena,
los Reyes te traerán
una muñeca muy rubia
con los ojos de cristal.

Mariquita, escribe, escribe,
y no dejes de escribir,
y al pasar los Reyes Magos
te traerán un colibrí.

Mariquita, salta, salta,
y no dejes de saltar;
pareces un saltamonte
con dos trenzas de verdad.

Quien da, quien da,
al cielo se irá;
quien tiene y no da
al infierno caerá.

María Luisa Muñoz de Buendía
EL BRUJITO

El brujito de la noche
se ha asomado a mi ventana
y me ha hecho cucamonas
con la punta de una rama.

¡Ay, madrecita, ciérrala bien!
¡Ay, madrecita, que se vaya!
Como un sol, los bucles de oro
se ocultan bajo la sábana.

Julio Alfredo Egea
GUIÑOL

Cristobica,
percha de los palos,
alma de serrín,
la muñeca buena
no te quiere a ti.
Infeliz,
que tienes de palo
santo la nariz.

A un torero quiere,
de acero y fresa,
por él se muere.

Cristobica,
tropezón de escarcha,
espantajilgueros,
la muñeca linda
se ríe de tu pelo.

Peluquín
de estopa mojada,
pintada de añil.

Quiere a un bandolero
que le trae en su caballo
flor de romero.

José Agustín Goytisolo
LOBITO BUENO

Érase una vez
un lobito bueno
al que maltrataban
todos los corderos.

Y había, también,
un príncipe malo,
una bruja hermosa
y un pirata honrado.

Todas estas cosas
había una vez.
Cuando yo soñaba
un mundo al revés.

Francisco Villaespesa
LA CAPERUCITA ENCARNADA

—Caperucita, la más pequeña
de mis amigas, ¿en dónde está?
—Al viejo bosque se fue por leña,
por leña seca para quemar.
—Caperucita, di, ¿no ha venido?
¿Cómo tan tarde no regresó?
—Tras ella todos al bosque han ido
pero ninguno se la encontró.
—Decidme, niños, ¿qué es lo que os pasa?
¿Qué mala nueva llegó a la casa?
¿Por qué esos llantos? ¿Por qué esos gritos?
¿Caperucita no regresó?
—Solo trajeron sus zapatitos...
Dicen que un lobo se la comió.

Manuel Altolaguirre
DIBUJO

¡Qué despejada la frente!
Las cejas, rubio horizonte
que separa al mar del cielo.
Transparentes y cercanas,
las aguas del mar del rostro.
Sobre el coral, los dos peces.

Concha Méndez

NEGRITA BRASILEÑA

Un sombrero de paja
con amapolas;
en los zapatos cintas
verdes y rojas;
el corpiño ajustado,
la falda rosa.
Lleva en su mano un cesto
con caracolas;
una blanca sonrisa
se ve en su boca.

La niña fue a la playa
desde temprano.
Le reluce la cara
porque es verano.

Carlos Murciano
PATRICIA CON P

Patricia pinta un palomo
pillo, panzudo y pequeño:
le pone púrpura el pico,
le pone de plata el pecho.

El palomo de Patricia
se ha posado en el perchero
y ella le peina las plumas
con la punta del pañuelo.

Pronto el palomo pasea,
presumido y postinero,
mientras Patricia se prende
una petunia en el pelo.

Carlos Murciano
LUCILA CON L

Lucila lame su helado.
El labio se le congela
y la lengua se le hiela
con el hielo limonado.
Su abuelo mira alelado
cómo el barquillo vacío
destila un hilo de frío
que corta como un serrucho,
mientras en el cucurucho
se cuela el sol del estío.

La canción
de los días

Celia Viñas Olivella
CANCIÓN TONTA DE LOS NIÑOS EN MARZO

Marzo, marcero,
buen carpintero,
luz sin arrugas,
cuchillo al viento.
Ventecico murmurador,
marzo, marcero,
verde el color.
Marzo, marcero,
sol pinturero,
las margaritas
oro en el suelo.
Ventecico murmurador,
nieve en la sierra
y el ruiseñor.
Marzo, marcero,
gran caballero,
sombrero azul,
flor en el pelo.

Ventecico murmurador,
crece la espiga,
nace la flor...

¿Qué quieres, marzo,
marzo, marcero?
La Anunciación.

San Gabriel quiero,
y San José
venga el primero.

José Luis Hidalgo

CANTEMOS A LAS FLORES

Cantemos a las flores
que hay sobre la hierba;
ya el sol nos ha traído
toda la primavera.

Mi falda corre,
tu lazo vuela,
las niñas guapas
que den la vuelta...

¡La dimos todas!
Las niñas buenas
jugando al corro
ninguna es fea.

Cantemos a las flores
que hay sobre la hierba;
ya el sol nos ha traído
toda la primavera.

¡Que gire, que gire,
que gire la rueda!...

Rafael Alberti
PREGÓN DEL AMANECER

¡Arriba, trabajadores
madrugadores!

¡En una mulita parda,
baja la aurora a la plaza
el aura de los clamores,
trabajadores!

¡Toquen el cuerno los cazadores,
hinquen el hacha los leñadores,
a los pinares el ganadico,
pastores!

Pura Vázquez
COLUMPIO

En la rama del árbol,
el columpio.

La nena se balancea
entre las flores de junio.

Pajaricos la persiguen
y juegan a darle impulso:
—¡Upa, la nena bonita,
de tirabuzones rubios!

Allá, en la cima del árbol,
canta el cuco:
—Upa, las nenas bonitas,
mecidas en los columpios.

Anónimo
SEGABA...

Segaba...

Segaba la niña y ataba,
y a cada manadita descansaba.

Segaba.

Con el son de las hoces
cantan las aves
y responden las fuentes
al son del aire.

Segaba.

Segaba la niña y ataba,
y a cada manadita descansaba.

Ángela Figuera Aymerich
PASTORCILLA

Pastorcilla de aldea
—descalza, suelta guedeja—,
pastorcilla de la aldea:
siete ovejas blancas
y una oveja negra.

Las blancas, gordas y lucias;
la negra, mustia y enteca.

—Pastorcilla de la aldea,
¡qué hermosas ovejas llevas!...

Todos miran a las blancas.
Ella acaricia a la negra.

Juan Ramón Jiménez
TRASCIELO DEL CIELO AZUL

¡Qué miedo el azul del cielo!
¡Negro!
¡Negro de día, en agosto!
¡Qué miedo!

¡Qué espanto en la siesta azul!
¡Negro!
¡Negro en las rosas y el río!
¡Qué miedo!

¡Negro, de día, en mi tierra
—¡Negro!—
sobre las paredes blancas!
¡Qué miedo!

Antonio Machado

LUNA LLENA...

¡Luna llena, luna llena,
tan oronda, tan redonda
en esta noche serena
de marzo, panal de luz
que labran blancas abejas!

DE AMARILLO CALABAZA...

... ¡De amarillo calabaza,
en el azul, cómo sube
la luna, sobre la plaza!

Francisco Vighi
LLUVIA

El Señor ha cogido la regadera
porque el zaragozano le manda
que llueva, que llueva, que llueva
toda la semana.

Apaga de un soplido el sol
y se lo mete en una manga.
Recoge el tul de los cielos
y entre naftalina lo guarda.

Ya se pusieron las nubes
la gabardina grisácea.
Desde las altas bambalinas
hacen pipí sobre mi espalda.

Las lechugas de mi huerto
se recogen las enaguas.
Y todos admiramos a los árboles,
que siempre tienen abierto el paraguas.

Lope de Vega
SEGUIDILLAS DEL GUADALQUIVIR

Río de Sevilla,
¡cuán bien pareces
con galeras blancas
y ramos verdes!

Vienen de Sanlúcar
rompiendo el agua,
a la Torre del Oro
barcos de plata.

Barcos enramados
van a Triana,
el primero de todos
me lleva el alma.

A San Juan de Alfarache
va la morena
a trocar con la flota
plata por perlas.

Zarpa la capitana,
tocan a leva,
y los ecos responden
a las trompetas.

Sevilla y Triana
y río en medio;
así es tan de mi gusto
mi amado dueño.

Río de Sevilla,
¡quién te pasase
sin que la mi servilla[1]
se me mojase!

Salí de Sevilla
a buscar mi dueño,
puse al pie pequeño
dorada servilla;

[1] servilla: zapatilla.

como estoy a la orilla
mi amor mirando,
digo suspirando:
¡quién te pasase
sin que la mi servilla
se me mojase!

Miguel de Unamuno
ARROYUELO SIN NOMBRE...

Arroyuelo sin nombre ni historia
que a la sombra del roble murmuras
bañando sus raíces,
¿quién llama a tus aguas?

Al nacer en la cumbre, en el cielo,
con el monte sueñas,
con el mar que en el cielo se acuesta,
¡arroyuelo sin nombre ni historia!

Federico García Lorca
CARACOLA

Me han traído una caracola.

Dentro le canta
un mar de mapa.

Mi corazón
se llena de agua
con pececillos
de sombra y plata.

Me han traído una caracola.

María Luisa Muñoz de Buendía

ALMEJITAS

Fuentecitas de la playa,
berdigones, coquinitas,
lanzad chorros de cristal,
que viene mi niña camino del mar.

¡Cómo se empinan las olas,
por verla pronto llegar!
Sus pisadas, arenas de oro
tiñendo las rosas van.

¡Almejitas de la playa,
lanzad chorros de cristal!

Rafael Alberti
MADRE, VÍSTEME A LA USANZA...

—Madre, vísteme a la usanza
de las tierras marineras:
el pantalón de campana,
la blusa azul ultramar
y la cinta milagrera.

—¿Adónde vas, marinero,
por las calles de la tierra?

—¡Voy por las calles del mar!

Rafael Alberti
LA SIRENILLA CRISTIANA

... AAAA!

¡De los naranjos del mar!

La sirenilla cristiana,
gritando su pregonar
de tarde, noche y mañana.

... aaaa!

¡De los naranjos del mar!

Rafael Alberti

¡CASTELLANOS DE CASTILLA!

¡Castellanos de Castilla,
nunca habéis visto la mar!

¡Alerta, que en estos ojos
del sur y en este cantar
yo os traigo toda la mar!

¡Miradme, que pasa la mar!

Flores, árboles, animalitos amigos

Anónimo

A LA FLOR DEL ROMERO

A la flor del romero,
romero verde.
Si el romero se seca,
ya no florece.

Ya no florece,
ya ha florecido;
a la flor de romero
que se ha perdido.

A la flor, a la pitiflor,
a la verde oliva,
a los rayos del sol
se peina una niña.

En un poco de agua
se mira el reflejo
por no tener los cuartos
para un espejo.

A la flor...
A la pitiflor...

Rafael Alberti
DON DIEGO

Don dondiego no tiene don,
don.

Don dondiego
de nieve y de fuego;
don, din, don,
que no tenéis don.

Ábrete de noche,
ciérrate de día,
cuida no te corte
la tía María,
pues no tenéis don.

Don dondiego,
que al sol estáis ciego;
don, din, don,
que no tenéis don.

Juan Ramón Jiménez
NOVIA DEL CAMPO, AMAPOLA

Novia del campo, amapola,
que estás abierta en el trigo;
amapolita, amapola,
¿te quieres casar conmigo?

Te daré toda mi alma,
tendrás agua y tendrás pan,
te daré toda mi alma,
toda mi alma de galán.

Tendrás una casa pobre,
yo te querré como a un niño,
tendrás una casa pobre
llena de sol y cariño.

Yo te labraré tu campo,
tú irás por agua a la fuente,
yo te regaré tu campo
con el sudor de mi frente.

Amapola del camino,
roja como un corazón,
yo te haré cantar al son
de la rueda del molino;

yo te haré cantar, y al son
de la rueda dolorida,
te abriré mi corazón,
¡amapola de mi vida!

Novia del campo, amapola,
que estás abierta en el trigo;
amapolita, amapola,
¿te quieres casar conmigo?

Anónimo
COPLAS DEL HUERTO

Colorada es la manzana
del lado que le da el sol;
del lado que no le da,
blanca tiene la color.

El pimiento ha de ser verde;
los tomates, colorados;
la berenjena, espinosa,
los ojitos entornados.

En tu huerto sembré un guindo
y adelante un peral
para cuando te levantes
comas guindos, pera y pan.

Anónimo
COPLAS DEL NARANJO

El naranjito del huerto,
cuando te acercas a él,
se desprende de sus flores
y te las echa a los pies.

Toma, niña, esta naranja,
que la cogí de mi huerto.
No la partas con cuchillo
que va mi corazón dentro.

Anónimo

¡QUÉ PALOMA TAN SEÑORA!

A un arroyo claro a beber,
vi bajar una paloma.
Por no mojarse la cola,
levantó el vuelo y se fue.
¡Qué paloma tan señora!

Adriano del Valle
LORITO REAL

Lorito real, verde cascarón,
pantuflas de orillo, birrete de añil,
peluca postiza de buen solterón...
Cónsul de los loros verdes de Brasil.

Fernando Villalón
JARDINERAS

Yo vi un nopal entre rosas
y una zarza entre jazmines,
y una encina que encerraba
el alma de los jardines.

Paloma, ¿qué haces ahí
montada en un pino verde?
Eso no te pega a ti.

Adriano del Valle
EL PAJARITO COJO

No la ha visto nadie,
ni siquiera el aire,
pajarito sabio que todo lo sabe.
Volando, piando, se perdió una tarde,
que también a Roma se va por el aire.
Al volver traía, sin culpar a nadie,
la patita rota, mojada en su sangre.
Le curé la herida con sal y vinagre,
le anillé la pata con un fino alambre.
¡Ay cómo piaba llamando a su madre!
El alpiste, el agua, ni la sed ni el hambre
le saciaban nunca de volver al aire,
de seguir volando, su peregrinaje.
Voló sin muletas, cojito, en el aire.
No le ha visto nadie,
ni siquiera el aire,
pajarito sabio que todo lo sabe...

Joaquín Romero Murube
CANCIÓN DE LAS HORMIGAS

Un grano de trigo,
veinte toneladas.
Con una ramita,
comedor y cama.

Hormiga, hormiguero.
Temblor en el suelo.

La señora hormiga
se va de paseo.
A todo el que encuentra
su abrazo y su beso.

Hormiga, hormiguero.
¿Se voló el tintero?

Pasaron los hombres,
gigantes del cielo.
Cata, cataclismo,
por los hormigueros.

Hormiga, hormiguita.
¿No tienes casita?

Federico García Lorca
CANCIONCILLA SEVILLANA

Amanecía
en el naranjel.
Abejita de oro
buscaba la miel.

¿Dónde estará
la miel?

Está en la flor azul,
Isabel.
En la flor
del romero aquel.

(Sillita de oro
para el moro.
Silla de oropel
para su mujer).

Amanecía
en el naranjel.

Federico García Lorca

MARIPOSA DEL AIRE...

Mariposa del aire,
qué hermosa eres,
mariposa del aire
dorada y verde.
Luz del candil,
mariposa del aire,
¡quédate ahí, ahí, ahí!...

No te quieres parar,
pararte no quieres.
Mariposa del aire,
dorada y verde.
Luz de candil,
mariposa del aire,
¡quédate ahí, ahí, ahí!

¡Quédate ahí!
Mariposa, ¿estás ahí?

Concha Lagos
MARIQUITA, MARIQUITA

Pliega bien las alas,
mírate al espejo,
ponte esta guirnalda
de flor de cerezo.

Mariquita no hizo caso,
del espejo se apartó,
abrió sus alas de oro
y por el jardín voló.

—Mariquita, Mariquita,
ponte el manto y vete a misa.

Mariquita ya se ha puesto
su lindo manto escarlata
y se va volando a Roma
a que la bendiga el papa.

Diego Díaz Hierro
EL RECADO DEL SEÑOR ESCARABAJO

El señor escarabajo,
que sabe andar tan despacio,
duro, negro, atolondrado,
no sirve ni para dar un recado.
Ha llegado:
Todos le estábamos esperando,
y se le ha olvidado.

Diego Díaz Hierro

EL GRILLO

Con voz de alfilerito
nos ha cantado un grillo.
¿Pero dónde estará?

Dentro de la lechuga
y a cantar y a cantar.

84

Pura Vázquez
CARACOL

Que no suba el caracol
ni al rosal, ni a la maceta,
ni al almendro, ni a la flor.

Que enseñe los cuernos,
que salga de casa,
que se estire al sol...

¡Qué caminitos de plata
va dejando el caracol
cuando sale de su casa!

Miguel de Unamuno

EL GRILLO

El grillo asierra la siesta
con serrucho;
para él todo el día es fiesta,
poco o mucho.

Pero dentro de su hura,
en lo oscuro,
esquiva la calentura
del sol puro.

Con su cri-cri-cri, aserrín
aserrán,
todo el campo se las echa de pillín
por San Juan.

Federico García Lorca
EL LAGARTO ESTÁ LLORANDO

El lagarto está llorando.
La lagarta está llorando.

El lagarto y la lagarta
con delantalitos blancos.

Han perdido sin querer
su anillo de desposados.

¡Ay, su anillito de plomo,
ay, su anillito plomado!

Un cielo grande y sin gente
monta en su globo a los pájaros.

El sol, capitán redondo,
lleva un chaleco de raso.

¡Miradlos qué viejos son!
¡Qué viejos son los lagartos!

¡Ay cómo lloran y lloran,
ay, ay, cómo están llorando!

Rafael Alberti

NANA DE LA TORTUGA

Verde, lenta, la tortuga.

¡Ya se comió el perejil,
la hojita de la lechuga!

¡Al agua, que el baño está
rebosando!

¡Al agua
pato!

¡Y sí que nos gusta a mí
y al niño ver la tortuga
tontita y sola nadando!

Miguel Hernández
CANCIONCILLA DE LA CABRITA

En cuclillas, ordeño
una cabrita, y un sueño.

Glú, glú, glú,
hace la leche al caer
en el cubo. En el tisú
celeste va a amanecer.
Glú, glú, glú. Se infla la espuma,
que exhala
una finísima bruma.
(Me lame otra cabra, y bala).

En cuclillas, ordeño
una cabrita, y mi sueño.

Anónimo

DICEN LAS OVEJAS

Dice el borreguillo:
Meeee...
Responde la oveja:
Queee...
Contesta el borreguillo:
Voy...
Responde la oveja:
Veeen...
Los carneros dicen:
Meeee...
Responden los que lo oyen:
Mañana te comeré
y pasado también.

Ángela Figuera Aymerich

DIJO LA OVEJA A LA CABRA...

Dijo la oveja a la cabra:
—¿Cuándo te afeitas la barba?
Dijo la cabra a la oveja:
—¿Cuándo te afeitas la ceja?

Gloria Fuertes
CANCIÓN DEL NIÑO ALEGRE

Yo quisiera ser herrero
para una fragua comprar
con un yunque chiquitito,
un martillo de cristal.

Veo que por el camino,
por el verde prado llano,
viene, pasito a pasito,
un herido «parroquiano».
Trae tres heridas abiertas
y muy vendada una mano.

Entra un caballo cojito.
—¿Por qué viene cojeando?
—Ha pasado un automóvil
y me ha dejado sin mano.
—Yo le pondré la herradura.
—¡No! ¡Que no puedo pagarlo!
Soy un caballito pobre.
¡No me la ponga de oro!
—Yo se la pondré de cobre.
—No me haga usted daño, que lloro.
—¡No sea usted miedoso, hombre!
Cante usted conmigo a coro.

Yo quisiera ser herrero
para una fragua tener
y a los burros pequeñitos,
y a los burros pobrecitos,
los zapatos componer.

Adriano del Valle
CANCIÓN DE CUNA DE LOS ELEFANTES

El elefante lloraba
porque no quería dormir...
—Duerme, elefantito mío,
que la luna te va a oír...

Papá elefante está cerca,
se oye en el manglar mugir;
duerme, elefantito mío,
que la luna te va a oír...

El elefante lloraba
(¡con un aire de infeliz!)
y alzaba su trompa al viento...
Parecía que en la luna
se limpiaba la nariz.

Retahílas, adivinanzas, canciones

Anónimo

PIPIRIGAÑA

Pin pineja,
rabo de coneja,
coneja real,
pide pa la sal,
sal menuda,
pide pa la cuba,
cuba de barro,
pide pal caballo,
caballo morisco,
pide pal Obispo,
Obispo de Roma
quita la corona
que no te la lleve
la gata rabona.

Anónimo

DOÑA DÍRIGA, DÁRAGA, DÓRIGA

Doña Díriga, Dáraga, Dóriga,
trompa pitáriga,
tiene unos guantes
de pellejo de zírriga, zárraga, zórriga,
trompa pitáriga
le vienen grandes.

Anónimo
EN EL CAMPO HAY UNA CABRA...

En el campo hay una cabra
ética,
perlética,
pelapelambrética,
pelúa,
pelapelambrúa.
Tiene los hijitos
éticos,
perléticos,
pelapelambréticos,
pelúos,
pelapelambrúos.

Anónimo
MADRE, NOTABLE, SIPILITABRE

—Madre, notable, sipilitabre,
¿voy al campo, blanco,
tranco, sipilitranco,
por una liebre, tiebre,
notiebre, sipilitiebre?

—Hijo, mijo, trijo, sipilitrijo,
ve al campo, blanco,
tranco, sipilitranco,
por una liebre, tiebre,
notiebre, sipilitiebre.

—Madre, notabre, sipilitabre,
aquí está la liebre, tiebre,
notiebre, sipilitiebre,
que cogí en el campo, blanco,
tranco, sipilitranco.

—Hijo, mijo, trijo, sipilitrijo,
ve a la casa de la vecina,
trina, sipilitrina,
a ver si tiene una olla,
orolla, otrolla, sipilitrolla,
para guisar la liebre, tiebre,
notiebre, sipilitiebre.

—Vecina, trina, sipilitrina,
dice mi madre, notabre, sipilitabre,
si no tiene olla, orolla,
otrolla, sipilitrolla,
para guisar la liebre, tiebre,
notiebre, sipilitiebre.

—Madre, notabre, sipilitabre,
dice la vecina, trina, sipilitrina,
que no tiene olla, orolla,
otrolla, sipilitrolla,
para guisar la liebre, tiebre,
notiebre, sipilitiebre.

—Pues hijo, mijo, trijo, sipilitrijo,
toma la liebre, tiebre,
notiebre, sipilitiebre,
y llévala al campo, blanco,
tranco, sipilitranco.

Anónimo
ESTA ES LA LLAVE DE ROMA

Esta es la llave de Roma, y toma.
En Roma hay una calle.
En la calle hay una casa.
En la casa hay un patio.
En el patio hay una sala.
En la sala hay una alcoba.
En la alcoba hay una dama.
Junto a la dama, una mesa.
En la mesa hay una jaula.
Dentro de la jaula, un loro.
Saltó el loro.
Saltó la jaula.
Saltó la mesa.
Saltó la dama.
Saltó la cama.
Saltó la alcoba.
Saltó la sala.
Saltó el patio.
Saltó la casa.

Saltó la calle.
Y aquí tienes a Roma
con todas sus siete llaves.

Anónimo
COPLAS

Un águila y un león
y un escarabajo blanco
se pusieron a jugar
a la sombra de un barranco.

La tortuga con el sapo
se fueron a trabajar,
la tortuga de patrona,
el sapo de capataz.

Anónimo

COPLAS DE DISPARATES

Tengo que pasar el río
a caballo en un mosquito,
y que me digan tus padres
¡qué caballo tan bonito!

He visto un monte volar
y una casa andar a gatas,
y en el fondo del mar
un burro asando patatas.

Te han dicho que he dicho un dicho,
dicho, que no he dicho yo;
que si yo lo hubiera dicho,
no hubiera dicho que no.

Anónimo
EL DÍA QUE YO NACÍ...

El día que yo nací
dijo una verdad mi abuela:
esta niña ha de vivir
hasta el día que se muera.

ANTEANOCHE Y ANOCHE

Anteanoche y anoche
y esta mañana,
antes de levantarme
estaba en cama.
Esto sería
que antes de levantarme
me acostaría.

Anónimo
MIRE USTED CON LA GRACIA...

Mire usted con la gracia
que mira un tuerto,
con un ojo cerrado
y el otro abierto.

Anónimo

ADIVINANZAS

Una arquita blanca
como la cal,
que todos saben abrir
y nadie sabe cerrar.

El huevo.

Verde me crie,
rubio me cortaron,
prieto me molieron,
blanco me amasaron.

El trigo.

Uno larguito,
dos más bajitos,
otro chico y flaco
y otro gordazo.

Los dedos.

Yo sé de una campanilla
que tan quedito toca
que no la pueden oír
no más que las mariposas.

La flor de campanilla.

Blanca como la paloma,
negra como la pez,
habla y no tiene lengua,
anda y no tiene pies.

La carta.

Anónimo
ADIVINANZAS DEL SOL Y LA LUNA

Apellídanme rey,
y no tengo reino;
dicen que soy rubio,
y no tengo pelo;
afirman que ando,
y no me muevo;
relojes arreglo
sin ser relojero.

El Sol.

Soy un señor encumbrado,
ando mejor que un reloj,
me levanto muy temprano
y me acuesto a la oración.

El Sol.

Por las barandas del cielo
se pasea una doncella
vestida de azul y blanco
y reluce como estrella.

La Luna.

¿Qué es una cosa
qui-quiricosa
que entra en el río
y nunca se moja?

La Luna.

Anónimo

ADIVINANZAS DE VIENTO Y CIELO

Vuela sin alas,
silba sin boca,
azota sin manos,
y tú no lo ves ni lo tocas.

Viento.

Unas regaderas
más grandes que el sol
con que riega el campo
Dios Nuestro Señor.

Las nubes.

De la tierra subí al cielo;
del cielo bajé a la tierra;
no soy Dios, y sin ser Dios
como el mismo Dios me esperan.

La lluvia.

Llevo sin ser arlequín
de colores mi librea;
solo salgo por la tarde
y espero siempre que llueva.

Arco iris.

Muchas campanitas
muy bien colgaditas,
siempre encendiditas,
nadie las atiza.

Las estrellas.

Anónimo
ADIVINANZAS DE LETRAS

Las letras del alfabeto

Sin ser padre de Adán,
principio y fin del alma he sido;
en medio del mar me hallo metida,
y al fin de la tierra suena mi sonido.

La letra A.

Por más que en el cielo estoy
y sin mí no hubiera fe,
ando también por la tierra
y en el infierno también.

La letra E.

Soy un palito
muy derechito,
y encima de la frente
llevo un mosquito
que ni pica, ni vuela,
ni toca la vihuela.

La letra I.

Soy la redondez del mundo;
sin mí no puede haber Dios;
Papas, Cardenales sí,
pero Pontífices no.

La letra O.

El burro la lleva a cuestas
y ella es la mitad del bu;
en jamás la tuve yo
y siempre la tienes tú.

La letra U.

Antonio Machado
ADIVINANZAS

Adivina adivinanza,
qué quiere decir la fuente,
el cantarillo y el agua.

Entre el vivir y el soñar
hay una tercera cosa.
Adivínala.

Anónimo
CU-CÚ, CANTABA LA RANA

Cu-cú, cantaba la rana;
cu-cú, debajo del agua;
cu-cú, pasó un caballero;
cu-cú, de capa y sombrero;
cu-cú, pasó una señora;
cu-cú, con falda de cola;
cu-cú, pasó una criada;
cu-cú, llevando ensalada;
cu-cú, pasó un marinero;
cu-cú, vendiendo romero;
cu-cú, le pidió un ramito;
cu-cú, no lo quiso dar;
cu-cú, se echó a llorar.

Cu-cú, pasó un estudiante,
cu-cú, con la capa delante.
La capa del estudiante
parece un jardín de flores,
toda llena de remiendos
de diferentes colores.

Anónimo

CANCIÓN DEL BURRO ENFERMO

A mi burro, a mi burro
le duele la cabeza,
el médico le ha puesto
una corbata negra.

A mi burro, a mi burro
le duele la garganta,
el médico le ha puesto
una corbata blanca.

A mi burro, a mi burro
le duelen las orejas,
el médico le ha puesto
una gorrita negra.

A mi burro, a mi burro
le duelen las pezuñas,
el médico le ha dado
emplasto de lechugas.

A mi burro, a mi burro
le duele el corazón,
el médico le ha dado
jarabe de limón.

A mi burro, a mi burro
ya no le duele nada,
el médico le ha dado
jarabe de manzana.

Anónimo

YA SE MURIÓ EL BURRO

Ya se murió el burro
que acarreaba la vinagre,
ya lo llevó Dios
de esta vida miserable;
que tu-ru-ru-ru-ru...

Él era valiente,
él era mohíno,
él era el alivio
de todo villarino;
que tu-ru-ru-ru-ru...

Gastaba polainas,
chaqueta y chaleco,
y una camisola
con puños y cuello,
que tu-ru-ru-ru-ru...

Llevaba anteojos,
el pelo rizado,
y en las dos orejas
un lazo encarnado,
que tu-ru-ru-ru-ru...

Estiró la pata,
arrugó el hocico,
con el rabo tieso,
decía: —Adiós, Perico;
que tu-ru-ru-ru-ru...

Todas las vecinas
fueron al entierro,
y la señá Francisca
tocaba el cencerro;
que tu-ru-ru-ru-ru...

Anónimo
BAILE DE LAS ESPADAS

La danza que es de espadas
así se vio sonar:
chas, chas, chas.
En una soldadesca
sonaba así el timbal:
tan, tan, tan.

Los negros a lo cuervo
cantaban al bailar:
cras, cras, cras.
Pandero a lo aldeano,
sonaba a lo patán:
pan, pan, pan.

Sonaban las tejuelas
con este repicar:
tras, tras, tras.
Sonaba un paloteado
con eco desigual:
plan, plan, plan,
y acordes sonoros, alegres, festivos,
se enlazan unidos
con dulce compás:
el chas, chas, chas;
el tan, tan, tan;
el cras, cras, cras;
el pan, pan, pan;
el tras, tras, tras;
el plan, plan, plan.

Anónimo
BAILE DE LAS MAJITAS

Si queréis saber, señores,
cómo bailan las majitas,
óiganlo, por vida suya,
que es una cosa de risa.

Meneando los brazos
sin embarazos,
con el taconcillo
y el sonsonecillo
se baila hacia así:

Oiga usté, mire usté, entre usté,
con el cascabel,
con el turumbé; oiga usté,
oiga usté, mire usté, entre usté.

Anónimo
BAILE DE LA CARRASQUILLA

Este baile de la carrasquilla
es un baile muy disimulado,
que en hincando la rodilla en tierra
todo el mundo se queda parado.

A la vuelta, a la vuelta, Madrid,
que este baile no se baila así,
que se baila de asas, de asas;
Mariquilla, menea las faldas.

Retablo de Navidad

Anónimo
EL PORTAL DE BELÉN

La Virgen y San José
iban a una romería;
la Virgen va tan cansada
que caminar no podía.

Cuando llegan a Belén
toda la gente dormía.
—Abre las puertas, portero,
a San José y a María.

—Estas puertas no se abren
hasta que amanezca el día.

Se fueron a guarecer
a un portalico que había,
y entre la mula y el buey
nació el Hijo de María.

Tan pobre estaba la Virgen
que ni aun pañales tenía.
Se quitó la toca blanca
que sus cabellos cubría;
la hizo cuatro pedazos
y al niñito envolvía.

Bajara un ángel del cielo,
ricos pañales traía;
los unos eran de hilo,
los otros de holanda fina.

Volvió el ángel al cielo
cantando el Ave María.

Anónimo
ZAGALEJOS, VENID AL PORTAL

Zagalejos, venid al portal,
cantando y bailando, alegres cantad
al sonecí, sonecí de la nieve,
pues tan menudí, menudito llueve,
por el tono del ¡agua va!
¡Agua va!, que se moja mi Niño,
decid con donaire,
que la gracia consiste en el aire.

Anónimo

VILLANCICO DEL SILENCIO

Silencio, pasito,
que Amor se durmió,
no le inquieten, no,
que, aunque duerme en las pajas su amor,

aves, fuentes, planta y flor,
silencio, cuidado,
pasito, atención,
venid, llegad y adorad al Amor.

Pablo García Baena
ESPIRITUAL NEGRO

—Negra, vente pa Belena.
—¿Pues qué pasa, Magalena?
—Pasa el carnaval de Río,
samba y frío;
pasa el Rey Don Baltasara,
chirimía y algasara
con nuestros primos del Congo,
mambo y bongo,
asándar de Tombutú.
—¿Qué me pongo?
Dime tú...
—Ponte la ropilla asú
con galón de prata antiga.
—Dime, amiga,
¿seré negra pa Jesú?
—¿No es lo tinto la hermosura?
Oscura es la Virgen pura
y el Niño de cañadú,
miel morena.
—Negra, vente pa Belena.

Federico Muelas

VILLANCICO QUE LLAMAN DE LOS DOS BOTICARIOS

—Y tú, ¿qué le llevarás?
—Pastillitas de la tos.
—Poca cosa para un Dios.

—Y jarabe de Tolú
dulce, dulce…
—¡Qué poco para Jesús!

—Pues tú, ¿qué le llevarías?
—Solo un pomillo de azahar
para el susto de María.

José García Nieto
VILLANCICO DE LA SORPRESA

¡Pronto, venid, que aquí hay al...!
Algo hermoso, iba a decir,
y no pude concluir
al ver la luz del Portal.

¡Carillo, Gabriel, Leo...!
Leonor, quise llamar,
pero no pude acabar
que ya he visto al Niño yo.

¡Traed acá queso y mi...!
Y miel también, os decía,
que al tiempo que le veía
el Niño me ha visto a mí.

¡Preparad leña y cande...!
Candela de aquella estrella
y haced la hoguera más bella
para el hijo de José.

Luis Rosales

CANCIÓN DE LA NEGRITA QUE SE QUEDÓ ALELADA JUNTO A ÉL

Venía loca corriendo
¡quién lo diría!
y al verle, de repente,
como zurcida,
se le quedó en la boca
la sonrisa.

Luis Rosales

DONDE SE DA DEBIDA CUENTA DE UN RESPLANDOR QUE ALLÍ HABÍA

El cuerpo del niño,
flor de almoradux,
brillaba en la sombra como una luciérnaga,
brillaba en la sombra diciendo su luz.

Concha Méndez
DOS VILLANCICOS

MARINEROS DEL MAR
Hay un barquito en el mar,
bogando va hacia el Oriente.
Sus marineritos van
remando contra corriente.
Quieren llegar los primeros
para ofrecerle corales
al Niño que en un pesebre
nació sin tener pañales.

FLOR DEL JACARANDÁ
La flor del Jacarandá
para el Ángel que nos vino
el día de Navidad.
¡Y para alfombrar su estancia
llévenle flores de azahar!

Concha Lagos
VILLANCICO DE LOS PÁJAROS

Que sí que vendrán los pájaros,
que sí que a Belén ya llegan.
Once, doce, la docena.

Traen una ofrenda de plumas
para ablandarle el pesebre
y que le sirva de cuna.

Que sí que vendrán los pájaros,
que sí que a Belén ya llegan.
Once, doce, la docena.

Que sí que vendrán los pájaros,
que sí que ya están aquí.
Volad, pájaros, venid.

Gloria Fuertes
¡DÉJAME AL NIÑO!

Dulce Señora,
tallo florido,
¿me dejas un poco
tener al Niño?

Déjamele,
que nunca he tenido
un clavel como Él.

Dulce José,
varón elegido,
¿me dejas un poco
tener al Niño?

Déjamele,
que nunca he tenido
tantísima sed.

Dulce José,
santo querido,
¿me dejas un poco
tener al Niño?

Déjamele,
que nunca han tenido
mis brazos un Rey.

LA VIRGEN LAVA PAÑALES...

La Virgen lava pañales
y los tiende en el romero;
San José, por darle chasco,
se los quita y va corriendo.

Eduardo Marquina
CANCIÓN DE NAVIDAD

La Virgen María
penaba y sufría.
Jesús no quería
dejarse acostar.
—¿No quieres?
—No quiero.

Cantaba un jilguero,
sabía a romero
y a luna el cantar.
La Virgen María
probó si podía
del son que venía
la gracia copiar.

María cantaba,
Jesús la escuchaba,
José, que aserraba,
dejó de aserrar.

La Virgen María
cantaba y reía,
Jesús se dormía
de oírla cantar.

Tan bien se ha dormido
que el día ha venido,
inútil ha sido
gritarle y llamar.

Y, entrando ya el día,
como Él aún dormía,
para despertarle
¡la Virgen María
tuvo que llorar!

Francisco Villaespesa
ROMANCE

San José era carpintero
y la Virgen panadera,
y el Niño Jesús, los días
que llueve y no tiene escuela,
va a recoger las virutas
que se escapan de la sierra,
y en el horno de su madre
sus santas manos las echan.
Mientras las piedras del horno
lentamente se caldean,
vuelve al taller de su padre,
y con manos inexpertas,
ayudado por los ángeles,
labra una cruz de madera.

Y San José dice al verle:
—¿Por qué, Jesús, siempre juegas
con escoplos y cepillos
a hacer cruces de madera?
Y el Niño Jesús responde,
con su voz alegre y fresca:
—¡Porque quizá algún día
me habrán de clavar en ella!
Y los rubios angelitos,
al escuchar la respuesta,
abandonan el trabajo
y llenos de espanto vuelan,
derramando entre las nubes
tristes lágrimas de pena.

José Moreno Villa
SUEÑO DE REYES

Yo soñé que me ponían
los Reyes, junto a la cama,
un conejito, un carrito
y un automóvil de lata.

Los Reyes aparecieron
como grandes sombras blancas.
Tan solo el negro tenía
manos negras, negra cara.

Me hice dormido en mi sueño,
y soñé que ya jugaba
con los juguetes de Reyes
sin esperar la mañana.

Miguel de Unamuno
TRES MAGOS, BALTASAR NEGRO

Melchor, Gaspar, Baltasar;
tres magos, Baltasar negro;
noche negra, van los magos,
y el negro mirando al cielo;
de las estrellas se ríe
y la blanca luna, espejo,
se le ríe, se le ríe,
y el Niño al ver mago negro
se echa a reír y su risa
mece al pesebre del cielo;
risa pura, luna llena,
funden las nieves del suelo.
Conquistarán nuestra tierra
con risa pura los negros;
con risa que es solo risa;

Dios les aguarda riendo;
magia de risa les cría,
negra noche, Dios sin ceño.
Dichosos los que se ríen,
que dormirán sin ensueños.

Gerardo Diego
CANCIÓN AL NIÑO JESÚS

Si la palmera pudiera
volverse tan niña, niña,
como cuando era una niña
con cintura de pulsera,
para que el Niño la viera...

Si la palmera tuviera
las patas del borriquillo,
las alas de Gabrielillo.
Para cuando el Niño quiera
correr, volar a su vera...

Si la palmera supiera
que sus palmas algún día...
Si la palmera supiera
por qué la Virgen María
la mira... Si ella tuviera...

Si la palmera pudiera...
... La palmera...

Bibliografía

- Alberti, Rafael. «Pregón del amanecer», p. 60; «Madre, vísteme a la usanza...», p. 72; «La sirenilla cristiana», p. 73; «¡Castellanos de Castilla!», p. 160; «Don Diego», p. 142; «Nana de la tortuga», p. 103: en *Poesía española para niños*. Madrid, Taurus, 1993.
- Altolaguirre, Manuel. «Dibujo», p. 143: en *Poesías Completas*. Madrid, Editorial Cátedra, 1987.
- Anónimo. «Desde que vino la moda»; «Coplas del naranjo»; «Dicen las ovejas»; «Pipirigaña»; «Coplas»; «Coplas de disparates»; «Anteanoche y anoche».

  —. «Carolina y olé», p. 27; «Segaba...», p. 62; «A la flor del romero», p. 77; «Coplas del huerto», p. 86; «¡Qué paloma tan señora!», p. 89; «Doña Díriga, Dáraga, Dóriga», p. 115; «En el campo hay una cabra...», p. 115; «Madre, notable, sipilitabre», p. 116; «Esta es la llave de Roma», p. 120; «El día que yo nací...»,

p. 117; «Mire usted con la gracia...», p. 118; «Canción del burro enfermo», p. 109; «Ya se murió el burro», p. 136; «Baile de las espadas», p. 147; «Baile de las majitas», p. 144; «Baile de la carrasquilla», p. 144; «El portal de Belén», p. 187; «Zagalejos, venid al portal», p. 189; «Villancico del silencio», p. 196; «La Virgen lava pañales», p. 199: en *Poesía española para niños*. Madrid, Taurus, 1993.

—. «Adivinanzas», p. 113; «Adivinanzas del Sol y la Luna», p. 114; «Adivinanzas de viento y cielo», p. 116; «Adivinanzas de letras», p. 117; «Cu-cú, cantaba la rana», p. 137: en *Poesía española para niños*. Madrid, Taurus, 1979.

- D'Ors, Eugenio. «Oración de los cuatro ángeles y el de la Guarda», p. 174: en *Poesía española para niños*. Madrid, Taurus, 1979.
- Díaz Hierro, Diego. «Uno, dos y tres», p. 143; «El recado del señor escarabajo», p. 100; «El grillo», p. 98: en *Poesía española para niños*. Madrid, Taurus, 1993.

- Diego, Gerardo. «Canción al Niño Jesús», p. 201: en *Poesía española para niños*. Madrid, Taurus, 1993.
- Egea, Julio Alfredo. «Guiñol», p. 48: en *Nana para dormir una muñeca*. Madrid, Editorial Nacional, 1965.
- Figuera Aymerich, Ángela. «Pastorcilla», p. 55: en *Poesía española para niños*. Madrid, Taurus, 1979.

  —. «Dijo la oveja a la cabra...», p. 21: en *Canciones para todo el año*. México, Editorial Trillas, 1984.
- Fuertes, Gloria. «¡Déjame al Niño!»: en *El camello cojito*. Madrid, Escuela Española, 1973.

  —. «Mariquita», p. 45; «Canción del niño alegre», p. 43: en *Poesía española para niños*. Madrid, Taurus, 1993.
- García Baena, Pablo. «Espiritual negro», p. 23: en *Gozos para la Navidad de Vicente Núñez*. Madrid, Hiperión, 1984.
- García Lorca, Federico. «Caracola», p. 71; «Cancioncilla sevillana», p. 96; «El lagarto

está llorando», p. 102: en *Poesía española para niños*. Madrid, Taurus, 1993.
—. «Mariposa del aire...», p. 86: en *Poesía española para niños*. Madrid, Taurus, 1979.

- García Nieto, José. «Villancico de la sorpresa», p. 180: en *Poesía española para niños*. Madrid, Taurus, 1979.

- Goytisolo, José Agustín. «Lobito bueno», p. 20: en *Palabras para Julia y otras canciones*. [1979]. Barcelona, Editorial Lumen-Barcelona, 1990.
- Hernández, Miguel. «Cancioncilla de la cabrita», p. 107: en *Poesía española para niños*. Madrid, Taurus, 1993.
- Hidalgo, José Luis. «Yo tengo un lazo azul», p. 29; «Cantemos a las flores», p. 56: en *Poesía española para niños*. Madrid, Taurus, 1993.
- Jiménez, Juan Ramón. «Trascielo del cielo azul», p. 64; «Novia del campo, amapola», p. 79: en *Poesía española para niños*. Madrid, Taurus, 1993.

- Laborda, Clemencia. «Casa», p. 39; «Abecedario», p. 44: en *Poesía española para niños.* Madrid, Taurus, 1993.
- Lagos, Concha. «Las cuentas claras», p. 45; «Mariquita, mariquita», p. 97: en *Poesía española para niños.* Madrid, Taurus, 1993.

  —. «Villancico de los pájaros», p. 39: en *La rueda del viento.* Madrid, Miñón-Susaeta, 1985.
- Machado, Antonio. «Luna llena...», p. 66; «Adivinanzas», p. 126: en *Poesía española para niños.* Madrid, Taurus, 1993.

  —. «De amarillo calabaza...», p. 135: en *Galerías. Poesías completas.* Madrid, Colección Austral. Espasa Calpe.
- Marquina, Eduardo. «Canción de Navidad», p. 200: en *Poesía española para niños.* Madrid, Taurus, 1993.
- Méndez, Concha. «Negrita brasileña», p. 99: en *Vida o río.* Madrid, Ediciones Caballo Griego para la Poesía, 1979.

—. «Flor del Jacarandá», p. 27; «Marineros del mar», p. 15: en *Villancicos de Navidad.* México, Rueca, 1944.

- Moreno Villa, José. «Canción», p. 39: en *Poesía española para niños.* Madrid, Taurus, 1993.

  —. «Sueño de Reyes»: en *Navidad. Posadas.* México, Isla, 1944.
- Muñoz de Buendía, María Luisa. «Brujito», p. 38; «Almejitas», p. 71: en *Poesía española para niños.* Madrid, Taurus, 1993.
- Murciano, Carlos. «Patricia con P», p. 18: en *La bufanda amarilla.* Madrid, Editorial Escuela Española, S. A., 1986.

  —. «Lucila con L»: en *La niña calendurera.* Madrid, Ediciones SM, 1989.
- Romero, Marina. «Si yo fuera...», p. 42: en *Poesía española para niños.* Madrid, Taurus, 1993.
- Romero Murube, Joaquín. «Canción de las hormigas», p. 95: en *Poesía española para niños.* Madrid, Taurus, 1993.

- Rosales, Luis. «Canción de la negrita que se quedó alelada junto a Él», p. 125; «Donde se da debida cuenta de un resplandor que allí había», p. 126: en *Poesía española para niños.* Madrid, Taurus, 1993.
- Unamuno, Miguel de. «Arroyuelo sin nombre...», p. 70; «El grillo», p. 100: en *Poesía española para niños.* Madrid, Taurus, 1993.

  —. «Tres magos, Baltasar negro», n.° 1.570, p. 523: en *Cancionero 1928-1936.* Madrid, Akal, 1984.
- Valle, Adriano del. «Lorito real», p. 72: en *Gozos del río.* Barcelona, Editorial Apolo, 1940.

  —. «El pajarito cojo», p. 80; «Canción de cuna de los elefantes», p. 102: en *Poesía española para niños.* Madrid, Taurus, 1993.
- Vázquez, Pura. «Columpio», p. 28; «Caracol», p. 99: en *Poesía española para niños.* Madrid, Taurus, 1993.
- Vega, Lope de. «Seguidillas del Guadalquivir», p. 162: en *Poesía española para niños.* Madrid, Taurus, 1993.

- Vighi, Francisco. «Cuando se murió el canario...», p. 40; «Lluvia», p. 67: en *Poesía española para niños*. Madrid, Taurus, 1993.
- Villaespesa, Francisco. «La Caperucita encarnada».

  —. «Romance», p. 202: en *Poesía española para niños*. Madrid, Taurus, 1993.

- Villalón, Fernando. «Jardineras», p. 89: en *Poesía española para niños*. Madrid, Taurus, 1993.
- Viñas Olivella, Celia. «El primer resfriado», p. 36; «Tabla de multiplicar», p. 46; «Canción tonta de los niños en marzo», p. 55: en *Poesía española para niños*. Madrid, Taurus, 1993.

  —. «Sarampión», p. 29: en *Poesía española para niños*. Madrid, Taurus, 1979.

Índice alfabético de autores

Índice

La canción de los días

Flores, árboles, animalitos amigos

Retahílas, adivinanzas, canciones

Retablo de Navidad

Aquí acaba este libro
escrito, ilustrado, diseñado, editado, impreso
por personas que aman los libros.
Aquí acaba este libro que tú has leído,
el libro que ya eres.